Les mamans sont formidables!

Chris Kennett

Texte français de Marlène Cavagna

SCHOLASTIC

Pour ma maman, Mary. Merci de m'avoir enseigné l'amour et la joie du dessin. Ce livre est pour toi. X

Catalogage avant publication de Bibliothèque et Archives Canada

Titre: Les mamans sont formidables! / Chris Kennett ; texte français de Marlène Cavagna.
Autres titres: My mum. Français
Noms: Kennett, Chris, auteur, illustrateur.
Description: Traduction de : My mum.
Identifiants: Canadiana 2022019663X | ISBN 9781443197465 (couverture souple)
Classification: LCC PR9619.4.K46 M914 2023 | CDD j823/.92—dc23

Version anglaise publiée initialement en Australie en 2022 par Scholastic Australia.

Édition publiée par les Éditions Scholastic, 604, rue King Ouest, Toronto (Ontario) M5V 1E1, Canada.

5 4 3 2 1   Imprimé en Chine CP171   23 24 25 26 27

On aime nos mamans.
Elles nous font toujours rire!
Mais qu'est-ce qu'une maman?
Lis pour le découvrir!

Les mamans
réparent,

les mamans
préparent,

les mamans sont les meilleures **farceuses!**

Les mamans sont des **campeuses,**

mais aussi des
broyeuses!

Les mamans sont des conductrices de
kart furieuses!

VROUM!

Les mamans savent écrire...

et lire!

Mais surtout, elles sentent
les couches qui puent
à faire pâlir!

PI-OU!

Les mamans font des gâteaux...

savent utiliser un *marteau...*

et n'ont pas peur de faire
le grand saut!

Les mamans ronflent en **dormant**,

elles dessinent avec les **enfants...**

et donnent les meilleurs **avis!**

Les mamans dansent avec **frénésie!**

Et nettoient tous nos **habits.**

SPLICH

SPLACH

Les mamans
domptent les dragons!

Et prennent
soin de
nous avec
adoration.

Elles partagent leur
repas.

YOINK!

et sortent en
pyjamas!

Les mamans font tout ça et plus encore.
Les mamans sont des êtres qu'on
adore.